三條東洋樹の川柳と評言

Sanjyou Toyoki no Senryu to Hyougen

小松原爽介編

Komatsubara Sousuke

新葉館ブックス

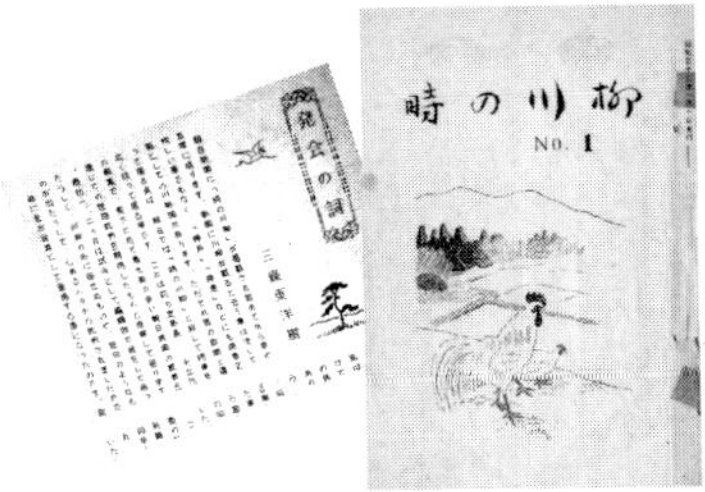

昭和32年発行
『時の川柳』創刊号表紙と
「発会の詞」（部分）

昭和32年頃の東洋樹。

愛媛県西山興隆寺句碑
「元日も働く人の背を拝み」の前で。
前列右から3人目が東洋樹。
昭和33年11月撮影。

明治

39年4月21日　神戸市生田区元町に生まれる。本名は政治。

～大正

9年　県立神戸商業2年生の頃より川柳を始める。「峰月」の雅号で「柳太刀」「覆面」の結社で活躍。

15年頃　雅号を「東洋鬼」と改名、戦後に「東洋樹」と改める。

～昭和

4年　同志とともに『ふあうすと』を創刊、現在の同人雑詠欄「明鏡符」は東洋樹の命名になるもの。

32年　1月、朝日新聞川柳欄の選者であった東洋樹は、柳壇の投句者を擁して、「時の川柳社」を創設、主幹となる。

『時の川柳』創刊（ガリ版印刷）主幹三條東洋樹。巻頭に東洋樹の「発会の詞」がある。

2月、宝塚の和田光代宅で時の川柳同好会（創刊当時は同好会と呼称）の初句会が行なわれた。出席者16名。

6月、三條東洋樹第2句集『ほんとうの私』発刊。

33年　11月、愛媛県周桑郡丹原町別格本山西山興隆寺に東洋樹句碑建立「元日も働く人の背を拝

昭和36年、
園田川柳句会にて。
前列中央、椙元紋太と並んで。

→昭和32年刊行の句集『ほんとうの私』。
「川柳を駄洒落の世界の産物と思っている人があるならば、川柳に一生をかけて来た私のこの句集は、必ずや蒙を啓いてくれる事だろう。」（あとがきより）

昭和35年5月、
宝塚伊和志津神社句碑
「手を合わす時に
　人間見栄を捨て」
　除幕式にて。
前列右から3人目に東洋樹。

み」同日、西山興隆寺において、第3回四国川柳大会開催。

35年　5月、宝塚伊和志津神社境内に東洋樹句碑建立「手を合わす時に人間見栄を捨て」。同日、句碑建立記念川柳大会が開催された。出席者85名。

40年　6月、三條東洋樹の回顧録「川柳と私」を『時の川柳』102号より10回に亘って掲載。

41年　5月、兵庫区平野の祇園神社境内に東洋樹句碑建立「心にもふる里があるまつりの灯」。同日、句碑建立記念川柳大会を開催。

42年　1月、①時川基金の設定（全額東洋樹寄付）この基金の年間利息を柳界のための奨励金とする。②論説原稿募集（テーマは〝川柳の向上と発展策〟賞金一万円）③特別誌上句会（賞金一万円）以上三つを時の川柳十周年記念事業として発表した。
7月、四国新居浜市泉池町銀泉公園に東洋樹句碑建立「言い勝てば父の白髪が眼に残り」。

43年　4月、三宮ミヤワキビルにおいて第1回東洋樹川柳賞贈呈句会開催。受賞者　中川黎明庵。

44年　4月、祇園神社において第2回東洋樹川柳賞贈呈句会を開催。受賞者　大森風来子。

昭和 37 年9月、広島・竹原川柳大会の際に撮影。
後列中央・東洋樹、前列小松原爽介。

昭和 37 年9月、広島・竹原川柳大会の際に頼山陽屋敷跡にて撮影。
後列右から3人目東洋樹。

～昭和

45年 2月、『時の川柳』158号に中道川柳を提唱する。
4月、神戸海洋会館において第3回東洋樹川柳賞贈呈川柳大会開催。受賞者　大野風柳。出席者140名。

46年 4月、神戸海洋会館において第4回東洋樹川柳賞贈呈川柳大会開催。受賞者　柴田午朗。出席者155名。

47年 4月、神戸海洋会館において第5回東洋樹川柳賞贈呈川柳大会開催。受賞者　平安川柳社。出席者150名。

48年 4月、神戸明治生命ビルにおいて第6回東洋樹川柳賞贈呈川柳大会開催。受賞者　堀口塊人。出席者157名。
7月、神戸市あじさい賞を受賞。
8月、二百号記念誌上川柳大会開催。

49年 5月、神戸明治生命ビルにおいて第7回東洋樹川柳賞贈呈川柳大会開催。受賞者　下村梵。出席者166名。
9月、『時の川柳』213号に、川柳は「攻めの文学」であることを提唱する。

50年 5月、神戸明治生命ビルにおいて第8回東洋樹川柳賞贈呈川柳大会開催。受賞者　弓削川

昭和 40 年5月、吟行先の宝塚碧山荘にて。

昭和 46 年4月、第4回東洋樹賞贈呈川柳大会で、受賞者の柴田午朗氏に表彰状を贈る東洋樹。

昭和42年京都国際会館で行なわれた平安川柳大会にて。柚香女夫人と。後方に卜部晴美。

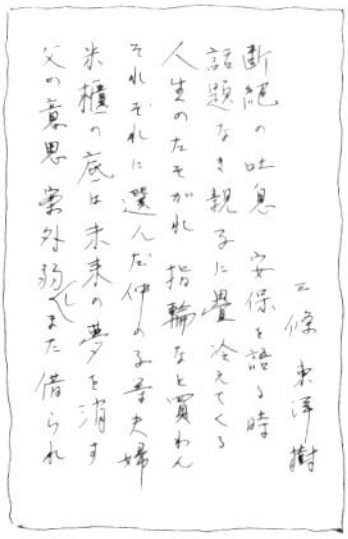
三條　東洋樹
断絶の吐息安保を語る時
話題なき親子に畳冷えてくる
人生のたそがれ指輪など買わん
それぞれに選んだ仲の子等夫婦
米櫃の底は未来の夢を消す
父の意思案外弱くまた借られ

『時の川柳』昭和 44 年12 月号用句稿。

昭和46年4月、第4回東洋樹賞贈呈川柳大会懇親宴にて。
左隣には第1回の受賞者・中川黎明庵がいる。

昭和47年4月、海洋会館にて開催された第5回東洋樹川柳賞贈呈川柳大会。

昭和53年5月、第11回東洋樹川柳賞贈呈川柳大会懇親宴で尾藤三柳氏を囲んで。

昭和53年9月9日
神戸市文化賞受賞。
相楽園にて柚香女夫人と。

～昭和

柳社。出席者188名。

51年　5月、神戸県民会館において第9回東洋樹川柳賞贈呈川柳大会開催。受賞者　時実新子。

52年　5月、神戸県民会館において第10回東洋樹川柳賞贈呈川柳大会開催。受賞者　大井正夫。出席者171名。

53年　5月、兵庫県川柳協会理事長として県下川柳人の合同句集を編纂発行する。
同月、兵庫県福祉センターにおいて第11回東洋樹川柳賞贈呈川柳大会開催。受賞者　尾藤三柳。
9月、神戸市文化賞受賞。
12月、句集『ひとすじの春』第3版（復刻版）発行。

55年　5月、神戸市立福祉センター婦人会館において第12回東洋樹川柳賞贈呈川柳大会開催。受賞者　橘高薫風。出席者185名。
6月、小松原爽介　時の川柳社主幹となる。

56年　5月、神戸市立福祉センター婦人会館において第13回東洋樹川柳賞贈呈川柳大会開催。受賞者　藤島茶六。出席者172名。

57年　4月、三條東洋樹喜寿祝賀句会（神戸市立福祉

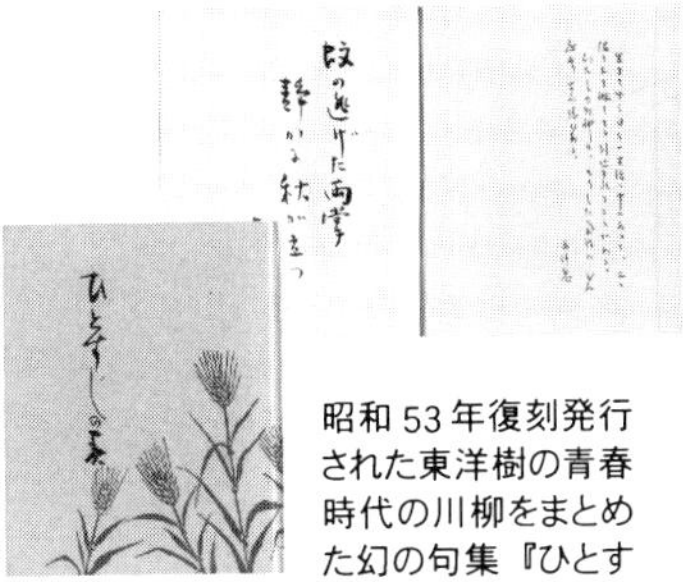

昭和53年復刻発行された東洋樹の青春時代の川柳をまとめた幻の句集『ひとすじの春』。見返しには東洋樹の「評言」が印刷されている。

兵庫県播磨中央公園にある東洋樹句碑。
「子と暮す月日の中の春惜しむ」

岡山・弓削川柳公園の句碑
「花道のこれが最後となる演技」。

昭和57年10月29日
兵庫県文化賞受賞。

センター)。
5月、神戸市立福祉センターにおいて第14回東洋樹川柳賞贈呈川柳大会開催。受賞者　寺尾俊平。出席者180名。
6月、弓削川柳公園において東洋樹句碑除幕。「花道のこれが最後となる演技」
10月、構造社より『川柳全集(14)三條東洋樹』発刊。兵庫県民会館において兵庫県文化賞を受賞。

58年
1月、三條東洋樹兵庫県文化賞受賞記念句会(神戸市立福祉センター)。
5月、神戸市立福祉センターにおいて、第15回東洋樹川柳賞贈呈川柳大会開催。受賞者　森中惠美子。出席者198名。
11月、逝去。行年77。法名　慶雲院瑞誉清薫柳仙居士。

59年
1月、三條東洋樹追悼句会(神戸市立福祉センター)。

昭和58年 12 月号は
三條東洋樹追悼号として発行。
藤島茶六、去来川巨城、時実新子、橘高薫風、 濱野奇童各氏が追悼文を寄せている。

昭和58年 11 月の葬儀の模様。

出棺の様子
(前から小松原爽介、喪主三條楠夫氏、 次男秀樹氏)

はじめに

昭和二十八年に朝日新聞の地方版に三條東洋樹選の「時の川柳」という川柳欄があった。私がそれに投句を試みたのが、三條東洋樹との最初の出会いである。

その当時の入選句に

新聞の値上げ新聞だまってる　並木　一歩

というのがあった。昭和二十八年と言えば、新聞社の川柳に対する評価も低く、その掲載スペースは間借りしているような状態だった。その辺の事情から考えると、右記の句を入選させることは、選者としてかなり勇気の要ることだろうと思われるが、妥協や迎合を排して、真理は真理として入選句に取り上げた東洋樹の選者としての姿勢に私は感動した。格調のあるその作風に魅せられたこともさることながら、この一事が東洋樹に師事することを決定的にしたのである。

三條東洋樹は他人の敷いたレールを何のためらいもなく、ただ易々諾々と歩むことを潔しとしない人で、かって『川柳と私』という回顧録の中で、「運命と言おうか、人には新しい道を切り拓いて創造の苦労をする人と、遺産相続による二代目的な楽な道を行く人とがある。考えてみると、私というヤツは、いつも先頭に立って苦労しておらぬと気のすまぬような、まことに損な性格を持って生まれたと見える」と述べている。この言葉通り、柳界のパイオニアとして、数々の積極的な提言をしている。

昭和三十八年三月に、その指導理念として、①平易簡明②十七音字③批判精神を作句の三条件として提言している。①と②はまず措くとして③の批判精神については私は今でも卓見だと思っている。メシの食えない時の批判なら誰でもするが、現在のように衣食に事欠かぬ時代には、どうしても批判精神は等閑視されがちになる。しかし精神的な豊かさを求めることにおいて、この批判精神は重要な意味を持ってくるものだからである。

また昭和四十五年二月に「中道川柳」を提唱している。当時の柳界には「積木」「不発弾」などの抽象的な言葉をあしらった現代詩の亜流とも覚しき作品が流行したことがあったが、「中道川柳」を提言したのはこれらに対する警鐘であった。

昭和四十九年九月「時の川柳」№二一三号の巻頭言に、川柳は「攻めの文学」であるということを書いている。川柳が「逃げの文学」であっては、川柳という文芸の存在意義をも問われかねないだろうし、人間性の探究などとても覚束ないだろう。川柳はやはり逃げては駄目で攻めねばならない文芸だと思う。

昭和四十二年一月、私財を投じて「時川基金」を設定し、これを賞として、毎年柳界の功労者を選んで、東洋樹川柳賞贈呈川柳大会を開催した実蹟はよく知られていることである。

このたび三條東洋樹の句と評言を編纂するに当り、多くの作品と文章を再読する機会を得たが、その一字一句を味読して、時に原点に戻ることの大切さを教わったような気がする。

上述の回顧録の中に、昭和十一年当時、東洋樹はすでに句会へ出席するときはなるべく羽織、袴を着用することを提言したそうであるが、それの動機について「川柳に足を踏み入れた私は、せめて歌俳なみの扱いを世に求める事を一生の仕事にしたいと思った。そしてまず第一に手近なものの改良を考えつき……」と述べている。

思えば神戸商業（県商）の二年生で、十六歳の時から峰月という雅号で川柳に手を染めて以来、六十年の川柳の生涯は、川柳の質的向上と、川柳に対する社会的評価を改めさせることへの一途さに支えられたものであった。

格調ある作品と、巨視的な見地から柳界の現状と将来を見据えたあまたの遺稿をいま目の前にして痛感することは、カミソリ東洋樹は私にとって、未だに偶像的存在であるということである。。

平成十六年四月

時の川柳社主幹　小松原　爽　介

三條東洋樹の川柳と評言　目次

資料提供：小松原爽介／卜部晴美
参考資料：「ひとすじの春」「ほんとうの私」「川柳全集(14)三條東洋樹」
「時の川柳」　ほか

三條東洋樹の川柳と評言

第一章　ひとすじの春

Earnest spring

ひとすじの春は障子の破れから

言い勝てば父の白髪が眼に残り

月の出へ鼻筋高き姉妹

薄の穂われ放浪の旅ならば

盃に王者の心続く春

諦めて鶴など折らん薬紙

名刀のあわれ骨董屋に抜かれ

上手だと言われることも、新しいと言われることも、今のわたしにとって必要ではない。

あいつはあんな気持で居たのかと、知って貰えば満足である。

東洋鬼

昭和十五年九月

句集「ひとすじの春」あとがきより

正月のさびしさ飯を三度食べ

年寄に寝てろと言えば淋しがり

雀二羽三羽洗濯好きと居る

損をして去るサーカスが雨に濡れ

大阪の煙の下の失業者

桃の里父を語らず子を育て

ふと覚めた夜半　雛の顔冴えている

柳多留の川柳は、前句附の拘束から離れ、附句の意味が一句として独り立ち出来る事によって生れた。文芸としての現代川柳は、課題によって縦横に作る熟練さよりも、自己を打ち出す雑詠精神の濃淡が問題にされるべきだと思う。従って私という未熟なものの創った川柳が、歎き、考え、おののき或るいは又感謝し、溜息をつく等の、未完成なあわれむべき人間記録であっても、それは致し方のないことだと思っている。

昭和三十二年六月

句集「ほんとうの私」あとがきより

家出する街に電車に知った顔

やましなと二度読み返すひとり旅

憎めない男の姿鶏を追う

水害の身につけていた赤い紐

さすらいの行く手よ富士は雲湧いて

鮨買って去ぬ孝行がやっこらさ

前科者一人居らない通夜が更け

新聞川柳を素人勧誘の門戸とするだけで、一般柳誌の川柳より価値の低いものとする考え方は、甚だ間違った考え方であり、同時に選者の意欲の無さを現わしたものである。新聞こそ川柳家以外の文芸人、文化人をはじめ、一般大衆の眼にふれる絶好のチャンスである。この新聞川柳に協力せぬ一般の惰性が、川柳をいつまでも文芸の下積みの地位に置く大きな原因になっていると思う。

（昭和三十二年九月）

椿掃く世の辛酸を知り尽し

ネクタイに僅かな季感勤め人

春の夜空へ煩悩の笛を吹く

名人のぼんやりと居る大晦日

禅寺の何処かで咳が二つほど

夜が来た喜び下駄の緒が堅し

ズボン吊甲斐性のない我が姿

世界が水爆などの核兵器に神経を尖らしている時代に、しかも原爆被害を身をもって味わった日本人の一人でありながら、原水爆禁止を訴える川柳の一句も作れぬような作家の、柳歴の長さが何になろう。

（昭和三十二年九月）

ポチと言う名がつき庭の隅に寝る
世に遅れながら木挽に唄があり
役に立つ年寄が居て糊を売り
貧乏に馴れ切った顔義理を欠き
酒やめて十年白湯の味を知る
制服に目立つ器量を母と住み
朝寒の門を勝気な寡婦が掃き

川柳をどうすれば上手に作れるか？　佳い句が出来ぬので川柳をやめようと思う。と言うような声をよく聞くが、私は作り方の秘訣というものは、菊でも川柳でも同じだと思っている。川柳に長い愛情を持たず、勝手な時だけ熱を入れて、それで作品を得ようとしても無理である。

除虫、芽がき、水かけと夏中の

上役が一句出て居るホトトギス

父と眼が合うて互いの身を案じ

父を喪いて

人間一人足らぬ大都市

遺された者の夕餉が直ぐにすみ

指の節苦労は語るものでなし

原稿紙世間は軍需景気とさ

努力が秋に酬いられる菊のように、一年三百六十五日、句帳を手離した事のない人に、作家としての栄冠は実るのであって、たまに大会に出て来て、高点を取りたいとか、気ままな時だけ出句して、好評を得たいと望むのは、所詮、凡愚の欲に過ぎない。

（昭和三十五年十月）

覇気のない人生宵を眠たがり

本当の母娘茶漬をうまく喰べ

三角な顔で動かぬ馬を打ち

雨はくろし鮟鱇仲仕の唄う声

都会いま星の下なるハーモニカ

洗い髪昼はひとりの身の置場

札束に動かぬ意地を持続け

川柳や俳句の短詩界で、避けられない宿命にある類似句に対して、俊厳な批判を下すことは、現役作家を畏縮さす事になり、新しく作句を試みんとする新人に恐怖感を抱かせるもので、大局的にみて短詩界のプラスとならないと信じる。類想句が生れた場合、それが先人の句と判明した時は取消すのもよ

こおろぎに裁かれる身の面やつれ

あわれと言うは馬の眼の皺

巻紙へ春近き夜の溜息や

置炬燵理屈嫌いと成りおおせ

免状を貰い水車の横を去に

伯母といてほのかな温さ支那火鉢

春の灯へ女は笑うべく生れ

し、またその句が先人よりも自分の生活に密接に関連があり、自分の句として通す方が適当だという自信があるならば、そのまま押し通すのも不可ではない。一つの作品と二人の作者の生活との間のどちらに真実性があるかが、この場合の決め手になると思う。

（昭和三十七年二月）

世に敗けし心ひたひた酒を恋う

薬局の暗さに馴れて春がいや

出世した友の笑わぬ顔と合い

金策の眼にこの路地は地蔵盆

戴いて借りる姿が俺なのか

ああ金の威力を思う膝頭

湯の宿にあしたの用のない手摺

大家の句必ずしも全部名句でないことは、毎月発表される大家の句から名を消して再読すれば解ることだし、名句というものは、そうした特定の人にだけ生れるものでもない。大家の句即ち名句だと思う信仰も、批評という冷厳な眼からは、気の毒ながら的外れに見える。誰も褒めてもおらぬ句を、殊更に俎上にあげて、手厳しくやっつけるから、身内の衆がこれをやりかえして無理に祭りあげようとする。そのどちらもどこか国会に似たところがあり、子供じみている。

（昭和三十七年十二月）

男同士飲めば日本が狭過ぎる

貸せと言う話に成って来そうなり

金持の理屈に負けて風呂へ行く

秋なすび子は戦争に行っている

立身をしても床屋を変えずいる

宿替えに浮世のにがさおもしろさ

頬杖の顔を見てゆくよその猫

素人に人気のある川柳家や、玄人に褒められる作家を知っているが、両方から尊敬される名人級の川柳家はまだ現れない。（昭和三十三年五月）

床の間へ太刀一振りの貧に堪え
爪楊子ポキリと折れて春の嘘
丁と張って負けて戻った冷奴
花火見る床几の隅を母へあけ
酒飲めと鳴く蟋蟀も有る夜かな
金策の身へ売出しのビラを呉れ
兄弟はよいもの母の話が出

亡くなった俳人高浜虚子は、俳句に自分の顔を出してはいけない、と言って終始、花鳥風月の客観に徹した。

私は、川柳には大いに自分の顔を出しなさいと言いたい。川柳は人間と縁を切ることが出来ない。川柳の作品にはいつも人間が姿を現しているし、作家の顔が覗かれる事も決して悪くない。川柳に人間が現れぬのは、気の抜けたサイダーのようである。御注意、御注意。

（昭和三十四年六月）

法律を一人知ってて角が立ち

物干しの傾いたまま秋逝くか

秋の風家を出た日につきあたり

踏切に無事な日続く葉鶏頭

面会の我が子は馬の口をとり

人力車他人ばかりの駅にいる

友だちは減るに任せて子を背負い

大会社の営業部長で酒宴と縁の切れない生活を続けて居る人が、子供に「生活力のある人間に成らねばいけない」と訓したら、子供は「人格者に成らねばならぬ」と反撥したそうである。

川柳の先輩が「どんな題を出されても作れるように成らねばならぬ」と言うと、「詐りのない自分自身の生活句を詠むべきである」と反撥する人が出る。

しかし、この四つは何れも間違って居らぬ尤もな説である。

（昭和三十四年九月）

忘れてもよい過去のある指輪売る

不平持つ人も混って草津節

捕虜の顔二十歳に足らぬ歯の白さ

癇癪に馴れて灰吹父の前

夜遊びへこの頃ちがう月の位置

葱一把ある雪の日の台所

文学を捨てんか暮の街の音

昨夜の句会の隅で萩原朔太郎の詩集を読んでいた人、私はこの人が市井で働く職人であるだけに、いつも好感を持ち感心している。

今朝の電車の中、スポーツ紙をひろげている人達の中に、ただ一人、新刊らしい書籍をひろげている人、何の本かわからないが、服装はあまり立派ではない。真面目そうな顔つきが私の眼をひいた。

朝の電車詩集読む人薄給らし
事実＋推察＝実感＋17字＝句

（昭和三十四年十月）

月給を数える指が直ぐ終り

寒い夜の夢の端から犬が吠え

秋の夜の思い立ちたる艶ぶきん

不機嫌な日の銅像を見ずに過ぎ

犬の子の四五匹動く薄明り

二人きりの夜を平凡に時計鳴る

死ぬことを忘れ目覚し掛けて寝る

芸術家と言うものは、本来孤独であるべきである。昔のヨーロッパでは、社交界にデビューせぬ限り、芸術家と言えども有名になれなかったらしいが、芸術家が社交にうき身をやつす事は、本来の目的である芸術への精進を忘れて、自己宣伝の邪道に陥っているのだ。特に批評家などあまり交際家であると、筆の冴えが鈍るものである。

（昭和三十五年二月）

馬鹿者と悟らぬ馬鹿に生れたし
頸筋のかぼそさ喪主を二度勤め
蚊遣香夫婦無言に馴れて来る
灯を消した夫婦で息を盗み合う
朝焼けへ働く者の踏む大地
さすらいの身を埋めつくす雪もがな

『時の川柳』は如何なる傾向の句を送られても、決して迷惑だと思うことはない。「一家吟」は東洋樹が責任を持って選をしているので、意に添わぬものは発表出来ぬだけである。（ある問い合わせに対してのお答え）つまらぬデマに迷わされぬこと。私達同志は、会えば川柳の話をしているのであって、柳界の黒い霧を遊泳している輩ではない。

（昭和三十六年五月）

第二章　ほんとうの私

――――――――――――Real me

元旦も働く人の背を拝み

新刊書手に置く如し年迎う

沈丁花妻の寝顔の眉わかし

世は春の記事に囲まれ少女の死

明日は又使われる身を花に酔い

独り飲む酒に自分を馬鹿と呼ぶ

春雨は音せねば思い尽きぬなり

川柳句会の会場も、昔のようにお寺の本堂などの薄暗い陰気な場所から脱皮して、近頃では明るい近代建築のビルの一室で句を考えるのが適当なほど、川柳そのものも時代的変化を来たしているのだから、いつまでも抹香臭い「川柳忌」というような名に執着せず、「川柳祭」として、華やかに挙行し、マスコミのニュースに取り上げられるように工夫をこらしたら如何だろうか。

（昭和三十六年六月）

母おもう街　酒饅は湯気が立ち

点しても消しても匂う春の部屋

他国から来た目障りな灯が栄え

子と暮す月日の中の春惜しむ

肩に散る花を払って別れゆく

付添いの心虚ろに花火聴く

行楽に手錠の人と乗り合わせ

　私達は作句に当っては、自分の生活に立脚した句を作るべきであり、前向きの句を作る為には前向きの人間になることが先決問題である。自己をよく凝視して、自分の本当の句を作ろうとする者には、伝統も革新もない。要は自分の句があるばかりである。

（昭和三十六年十月）

真夜深く尿瓶の音を哀れとも

金持の苦労を笑う酒徒二人

能舞台陽は気付かれず沈みゆく

春の人出に混る金策

辞表書いて心からなる大欠伸

人は何故溜息をつく大地春

熱の子を残し句会へ行く阿呆

人に物ただやるにさえ上手下手

という古川柳がある。子にはミルク、パパにはお酒がよろこばれるが、その反対の贈り物では知性が疑われる。本誌を待ちこがれる人もあれば、封を切らぬ人もあるかも知れない。

応答のない人には、子供に酒を贈っていたと気づくべきであった。

（昭和三十六年十二月）

春暁の子の部屋に鳴る鳩時計

花はもう満開すぎた午後の熱

随筆を書けば学者も人臭し

葉桜を抜けなつかしむ手打そば

親はまだ判らず孤児にある黒子

逝く春の彼方へ薬売りも去に

妻の座に馴れ春暁に寝顔さらす

よその人のお座なりの原稿を戴いて、印刷費の高い現在、それを印刷して、しかも無料のようにバラ撒く柳誌の発行人は、よほどサービス精神に徹した人だと思う。成るほど雑誌をタダで貰う人や自分の句を優遇して貰う人からは喜ばれるかも知れないが、「柳界のため」とはこの種のものを言うのであろうか。

（昭和三十七年五月）

友情と別に隔たる人の運
惜春のトゲ人妻の手にまかし
ふところに数珠持つ笑顔こわく見る
かかる時溜息つかぬ無口者
墓地で逢う表情伏目勝ちとなり
葬式の端につながる恩を受け
さすらいのパイプ一つを離さずに

定型などどうでもよい、破調でも自由律でもよいという速成型の投げやり調が他誌では随分と見かけるようになった。自分の欠点をビシビシと指摘してくれる指導者を持たずに育った人は、いつまでたっても仕付けが身に備わって居らぬ女と同様、自分ではいっかど出来ているつもりでも、仕付けが身についた人間から見ると、そのナマクラさが眼についてたまらぬ。

（昭和三十七年六月）

送られる顔に戻つた発車ベル

薔薇崩れ落ちるが如く女脱ぐ

学校を出て正直を叱られる

徒食する月日の中の更衣

子を抱いて我も凡夫の列に入る

子の幸を祈る地蔵はよい眼元

泣きながら飲んだ日もある大ジヨツキ

先日、東上した時、川上三太郎氏を訪問したが、よもやま話の中に『朝日』に書いていた『きのうきょう』欄の文章には頭を使った、六百字だからね」と言われたが、僅か六百字でさえ筆者の主張を生かした文章が書けるのだから、せめて一頁ぐらいで自分の言わんとすることを要領よく纏める手腕を、ふだん十七字を駆使している川柳家に求めたとて無理ではなかろう。

（昭和三十七年七月）

立身を望まず酔えば踊る芸

薄給を責められた夜の夜具かむる

十年の夫婦に夜は直ぐ寝つき

右に父左に母を見て寝つき

人を待ち疲れ蒼ざめゆく誇り

果物屋桃撰る指へ気を使い

今日結うた頭に気付く宵の膳

俳句も川柳も十七音字である し、似たようなものであることは囲碁と将棋以上の仲。だからと言って「どちらでもよい」『区別はない』『俳人が作れば俳句で、川柳家が作れば川柳だ」などの曖昧なことや「文学でなくとも川柳は川柳であればよい」などの旧い殻に安息していては、いつまでたっても川柳下品説の誤謬を改めさすことは難しい。

（昭和三十七年十月）

子を叱る土用朝からかつと照り
夕立に女の嫉妬なおつのり
ほめられて笑う他なき子沢山
その昔鍵をかけずに家をあけ
簸破る嗤いが鼻をかすめ去る
そろばんが出来てやくざに成りきれず
病む妻の感傷ゆるす手を握り

一人の川柳家を作ることの至難さを思う時、たとえ一人対一人の教室でも続ける事の意義を高く評価したいのである。

(昭和三十八年十月)

かみそりと言われた人の水枕

行きずりの義憤へ妻が袖をひき

散歩して来たスピッツの足を拭き

金借りに行く気詰りな夏上着

東京へ戻れぬ身体蕎麦を食い

子はみんな秀才　麦の穂が揃い

打ちとけた仲へ出される夏みかん

「時の川柳」に於ては、雑誌のあり方として、常に読んで血となり肉となるような現実的な編集方針を執っているので、「川柳とはどんなものか」という質問に対しても、次のような明確な答を以って指導理念としている。

川柳の三条件

一、平易簡明

一、十七音字

一、批判精神

即ち我々の志向する川柳は、右の三条件を備えたもので、各条は何れも読んで字の如しで、今更説明に及ばぬと思うが、表面に現れた言葉の意味以外にその奥の心を探るなら

売食いの最後に残す蕪村の絵
子を看取る顔を残して眠る都市
天皇の顔に汗浮く夏上着
虹を見る兄弟いつか肩を組み
虚無僧の下駄も急いだ交叉点
暮しから逃げ出すように浴衣着る
口八酒を飲んで眩しく昼を会い

ばまず一の平易簡明とは、気取らず難しい事を言わず、庶民的な気風を愛す態度で、作句以前の心構えは常にかくありたいと思う。

次の十七音字は勿論外観のこと。我々はあくまでも川柳表現に際しては定型を守る。そしてこの表現への苦しみや努力こそ、我々の人間形成への修業と相通じる。

最後は川柳の内容を言ったもので、昔三要素と言われたものを新しい角度から抽出したもの。川柳作家は常に冷静な眼を内に外に向けて、惰性に溺れず、強権に媚びる事なく、常にしっかりした自己を通して社会の動静を捉えることである。

（昭和三十九年三月）

揚げ底の世に故郷からの餅が着き

お前さんと呼ぶ時動く眉を持ち

妻にさえ明かさぬ野心虹に佇つ

頼る子はいまだ幼く螢籠

留守に来たらしくこけしが少し寄り

金持つて出た少年へ灯が続き

欲しくない猫の子社長から貰い

近来、日本語が乱れ、大学を卒業してもロクな文章が書けない世の中だから、若い人達の川柳に正確な意味の伝達性が欠けるのも止むを得ない傾向かも知れないが、少なくとも言葉乃至文字を以って表わす川柳に、己が言わんとする意志が皆相手に通じないようでは作った意味がない。難解句が多いと言われる現代派川柳の人達は、もう一度この問題について考え直す必要があると思う。

（昭和四十一年六月）

手を合わす時に人間見栄を捨て

職探す足とめて見る門将棋

同僚と交際うすく家の膳

文化の日ああパチンコの音絶えず

障子貼り替え母性愛家に満つ

叱られた時に若さを顔へ出し

秋の水悔いなき余生送るべし

「川柳は誰でも作れます」と言うキャッチフレーズで、われわれは常に安易な門を拡げて入門を歓迎しているが、その上一、二年たつと誰でも同人費さえ払えば同人になれて、しかも出句が全部活字になるという安易な自選制は、作品のレベルを下げ、雑誌の権威を失墜するものと私は考える。安易に踏み込んでも、川柳の道は奥へ入るに従い険しいものだ、という自覚がなければ発展向上はない。

（昭和四十一年六月）

湯の宿に心は独り河鹿聴く
向学の子に貧しさが解りかけ
よくよくの無心と思う気の弱さ
画を買って帰り明るい秋一日
こおろぎにシベリヤの子も寝返るか
菊の季に死なんとねがう水を換え
亡父の日に座れば畳秋を呼び

川柳作家も、作品に打ち込む事が第一であるから、その態度を曲げてまでの社交性を発揮する必要はないが、聖人君子の集まりでないわれわれ川柳家は、人間的な温かみを求めるが故に、社交性というものを排斥すべきではない。作品の向上と社交とは無関係であるが、川柳を横に拡げる運動には社交もまた必要である。したがって、よき作家である根底条件さえ崩さなかったら、孤独な性癖の人より、ほどほどの社交性を持った人の方が、ひと回り大きい川柳家であると思える。

（昭和四十一年七月）

茶の間みな我が家の艶の旅疲れ
月給は同じ子供は倍も持ち
恋至上凡夫に松は蔭をかす
火星近づくを夫婦喧嘩の絶えぬ家
潔癖に左派を支持して尖る肩
窓の灯をたしかめて去ぬ気の弱さ
コスモスに五年の刑がまだ半ば

私達は他人の句を選する場合、五・八・五の字余り句を一字直して五・七・五に改める事によって、見違えるように感銘度が違ってくるのを覚えることがある。私はそこにも定型の神秘があるように思う。

私は残念ながら、その理屈を解明する事が出来ないが、何かがあると感じるその神秘を倦むこともなく今後も実作することによって探りたいと思う。

（昭和四十二年五月）

糸屑は世帯のゴミよあたたかし

独り身に地球半分夜があり

買溜めの根性にがい過去を持ち

故郷に不幸の果ての親を置き

真直ぐな議論に若い頬を染め

上役に叛く貧しき耳を持ち

物思う妻　襟脚をうしなわず

類題句集は便利である。句が作れぬと言う初心の人にこれを見せると、句会の兼題など人並みに作ってくる。

用もないのに辞典を見る人はえらいと思うが、類題句集を見て、こんな句を作るまいと心掛ける人があれば、その人は傑出した作家になれる。

（昭和四十二年十一月）

腹立てて憎んで愛は深くなる

抱擁や地球自転のとまるまで

人情に溺れて損をよしとする

気の弱い笑顔で会うた安定所

妻病みし日から身近な子との距離

うどん屋へ三日通うて尋ねられ

眠られぬ夜の心は刃研ぐ

句会は公開の席である。誰が出席するかもわからない席で、品位のない言葉のやり取りは迷惑である。如何に親しい仲とはいえ、大声で「お前」『俺」呼ばわりをしている句会には行く気がしない。

句会の品位礼譲という事に私達は長らく気を使って来たが、「幹事は袴を履こう」と申し合わせた気持を、もう一度思い直して貰いたいものだ。

（昭和四十二年十一月）

ひょつとこに成れぬ我が性小さき哉

校長が変り裸体画おろされる

牡蠣割りの指は他国の風に荒れ

ど忘れに父の威厳が崩れかけ

置炬燵無為をたのしむ日の粉雪

雪国の赤いポストを探し当て

身にかさむ不義理を思う冬の底

言葉というものは、常に時代と共に動いているから、どれが正しく、どれが間違いと言う断定はしにくいが、少なくとも川柳として使用する場合は、行き過ぎもいけないが、時代遅れでもいけない。その時代に通用する新鮮な言葉にならなければならない。たとえ英語本来の言葉の意味から外れていても、日本語として通用するものならば差支えないと思う。

（昭和四十二年五月）

あまた居る中で名乗った恐妻家

子を看取る夜の貨車長く通りすぎ

黒板を拭き消す如く主義を変え

痰壺の白さ廊下の隅の冬

原爆は造られていてクリスマス

恵まれたうどんに涙の出勝ちなる

乳母の家いちにち冬の日が当り

「川柳文学」の主幹堀口塊人氏は「私の雑誌には、どなたが送って来られても、一応必ず私が選をします。その代り私の句といえども、雑誌に発表する以上は誰かに見て貰っています」と申されている。当今、作家の力量を考えずに、自選万能論を吐く人間にとって、他山の石となる言葉だと思う。

（昭和四十三年六月）

あやまちは若き日のもの置炬燵
仲人の酔い顔に出て見送られ
雪積む夜一夫一婦の飽きもなく
恩を知る人に訪われる冬ぬくし
帽子買う鏡に暮の顔ゆたか
十二月床屋へ行くに日を数え
箸箱に箸納まりて不平なし

「名局は作られるものではない。出来るものだ」と将棋の升田は言う。川柳も秀句は、無理に作るものでなく、自然に出来るものだと言う事が出来る。将棋は一人でするものでなく、相手がある事だから、自分だけが素晴しい手を指しても、必しも名局になるとは限らないが、川柳はその点、一人であるから自分だけの努力で傑作を生むことも可能な筈である。

（昭和四十三年六月）

貧しさを隠せず冬の灯が点り

歳末の詩人とうとう金に触れ

年の瀬の月に気がつく湯の帰り

これやこの一茶も聴いた除夜の鐘

今回は駄目かと思っていたメキシコオリンピックで、予期以上の金メダルの数。それにも増して川端康成のノーベル文学賞受賞の栄誉。全くうれしい。

外国文学の真似でなく、新旧を超越した日本人の心を書き続けた川端文学の勝利に、特に川柳をやる者として意義を見つけたい。

（昭和四十三年十一月）

第三章　照る日曇る日

——Being fine or becoming cloudy

都市の灯も淋しからずや孤高持し

靴を盗まれた朝から梅雨に入り

よい知恵もなくて西日へすだれ吊る

不合理に抗議せず寝るあばら骨

冬越した金魚に恥じる身の怠惰

人許す眼となり丘に雲を追う

ガム噛んで古都の秋訪う顔でなし

先日、長男の結婚があって、沢山の祝電を頂いた。

「ご長男のご結婚を祝し、ご一家のご繁栄を祈ります」『華燭の盛典を祝しご多幸を祈る』『ご結婚おめでとう、バンザイ」会社関係から来るこれらの祝電は失礼だがマンネリだ。形だけ整っているが心の躍動がない。確かに文芸とは違う。

これに反して息子の友人達から来たものには、眼をみはらすものがあった。

「暖冬異変の原因は君達だったの

わが胸は抑えおさえてガス点火
負うて来た月をわが家の門で捨て
海の向うを信じる眼つき渡り鳥
人間だからと淋しい事を言う
酔うて聞く歌が不孝の胸にしみ
椅子の大きさに自分を見うしなう
マラソンの独走罪を背負うかに

か。アツアツで信州の雪を解かすナ」「もうアンタなんてダイキライ。女子職員一同より」

祝電とはかく打つものと、昔からの形式を心得ている者にとっては、この型破りの祝電は作法知らずの無礼者に見えるかも知れない。しかしこの祝電には魂がこもっている。人の心を明るくさせた事には間違いない。これからの川柳もこうありたいと思った。

（昭和四十四年三月）

生涯を野党でくらす良心か

戒名にこだわりを持つ凡夫婦

振り子を見給え突き当り突き当り

捨てる気になった玩具の笛を吹き

母逝って星の言葉の解る子か

誰も見て居らぬ故郷の橋渡る

譲られた席で自画像褪せてゆく

過日、東洋樹川柳賞贈呈川柳大会に来神された柴田午朗氏の話は、出席者に深い感銘を与えたが、その中にある俳人の言葉として

一句を書くことは

一片の鱗の剥脱である

という言葉は、特に印象に残った。

私のような年齢に達すると、人生にあとがないという感じが全てを支配しているので、川柳においても、鱗を一片ずつ剥脱して、自分というものを完全に処理したいと思うし、年が年だから、いったん剥脱した鱗は、二度と生えないと思うと、慎重にならな

流木のときにうしろを振りかえる

ざんげしてまだ飾ろうとする科白

黒白の差別は神の意に叛き

祖父の代捕虜になったを恥じて死に

搾取者のまだその上がある汚職

娘の日記母にも思い当る年

恋をしてから教会へ近寄らず

ざるを得ぬ。その点、若い人はいいなと思う。いくら冒険をおかし、たとえ失敗しても、剥脱した鱗はまた生えてくるのだから。

先のない私は、流行語を使ったり、人の句語を真似たりする勇気もなく、永年使い慣れ、書き慣れた自分の言葉で作句するより方法がない。時には私も、若い人に負けぬように、「カラス」や「女の船」で句を作ってみようかと思う時もあるが、虚飾の句では一片の鱗の剥脱にならぬので踏み切れない。

（昭和四十六年七月）

病室に居ても大きな夢を見る

人の世の先はわからぬ鐘の音

むらさきの好きだった人今は亡し

夏痩せの母行儀よく秋を待ち

間借りした頃人生に夢を持ち

除夜の鐘鳴るまで物を売る暮し

樽造る音と暮らした指の節

　一つの道を一生貫き通すことは至難の業である。従って私は常々、生命の燃えつきる日まで川柳を続けている人を見ると頭がさがる。天分のある人が、ある時期に、パッと花火の如く輝いて、よい作品を残すのも、一つの生き方であるが、凡才を自認しながら、一生作句を離さぬ情熱に、人間として、より尊いものを感じるのである。

（昭和四十六年八月）

母たのし自分は食べぬすしを巻き

女二人ときに仲よくねたみ合い

白痴化を嘆くテレビの前の無為

着替えした父を迎えて箸をとり

雑踏を抜けると買った虫が鳴き

子と離れ住む日をおもい蒲団縫う

心にもふる里がある祭の灯

詩歌の世界から爪弾きをされる常識であるが、庶民文芸の経路を辿って来た川柳界は、その行動だけでなく、文字使いその他の表現手段においても、常識の線を守る最後の砦となるのではなかろうか。川柳は「大人の文学である」、とも言われるが、その「おとな」という言葉には「常識の豊富な」という意味も含んでいると思う。

（昭和四十七年六月）

カクテルは虫聞いて飲む酒でなし
燈明がゆれて決心またくずれ
父初老　天津乙女を口にする
笑う日もあり内職の手を見つめ
囚衣着る人と思えぬ句の生命
満で言う頃から齢を忘れかけ
暴力の負けときまった捨て台詞

俺に似よ俺に似るなと子を思い
路郎

の名句に対しても「俺」という字を取り上げて、品がないという連中もいるそうだ。また「尻」という字があるから下品だと言うのなら、私は声を大にして嗤うだろう。

上品とか下品とか言うのは、僅か一字の字面から判別するものでなく、作句に当っての作者の態度で決めるべきものだ。　（昭和四十四年二月）

一門の顔に囲まれ句碑除幕

出るとこへ出て友達と溝が出来

替えてきた下駄に気付かず三日たち

銭湯で会っても頭下げる地位

賽銭を妻のがま口から貰い

母に旅すすめ子心ほのぼのと

商売も恋もゆずらず食らうテキ

選者と投句者の間でも、僅か一回か二回の結果を見て、お互いの評価を誤り、短所だけを見て結論を下すなど、気長に長所を見てやろうとする辛抱が欠けていはせぬか。我々がいつも口にする厳正な批判とは、欠点を探す事でなく、長所をも併せて受け入れることでなければならぬ。川柳家は特に相手の長所を探し出す雅量を持ちたいものである。

（昭和四十五年七月）

五十号記念

春近し皆で育てた花の苗

追憶の中に五月の風車

値切る時　大阪弁を恥とせず

考えた上で一けた減らす寄附

飲み足りぬ顔を承知で飯をつぎ

父母が居て椅子にはさせぬ茶の間の灯

作品としての古川柳の生命が、次第に現代作家の胸から消えてゆくが、川柳の詩型の名称が、初代川柳の雅号から取った一事を考えただけでも、柄井川柳との縁は切れない。

川柳は明治に興ったという川柳明治説は、現代というある限られた時期の川柳を説明するためのものであって、長い歴史の川柳を説くためには、江戸後期に庶民の間で流行した前句付から説き始めるのが妥当で、従ってその代表的選者であった柄井川柳の名を、無視または抹殺する事は出来ない。川柳という新しい文芸が現れる前兆は、柳多

諂いのあとの我が口ひねりたし

朝の茶は熱いのがよい百日紅

横顔に血は争えず父が棲み

そろばんを胸から消して気をゆるし

親切なたちで役所に勤まらず

子の髪をさわって母の心足る

正月に寄る兄弟がまだ欠けず

留より少し早く武玉川時代に発生しているほどで、明治は一つの新しい波に過ぎない。

　近年、新しいスタイルの句が流行している時、柳多留は現代作家にとって、既にお手本となる要素をうしなっているかも知れぬが、川柳発祥の時代に遡り、川柳の原点を考えるためには、決して無視出来ぬものがある。その意味で柳多留第一編の序文の中の「一句にて句意のわかり安きを挙げて一帖となしぬ」という言葉は特に重要である。

（昭和四十六年九月）

何気なく空巣も聞いた花便り
おぼろ夜の別れ千円借りとられ
泣きやんだ顔へ女はパフ叩く
業界の二世　蝶ネクタイを締め
欲がまだあって徒食が貫けず
友情の最後土葬の穴を掘り
未来像わが家は夫婦だけ残る

バスや電車の中でふと思いついた事を、句帳の裏に書きとめる事にした。頭がある限り、人間誰しも考えたり、感じたりするものだが、書きとめておく作業が出来るかどうかが問題だ。私だって恐らく日記同様二ヶ月と続かないだろう。

（昭和四十五年八月）

短気かも知れずポストの底の音
朝早く来る日雇いが名を聞かれ
平凡を愛し冬日のあたたかさ
養子とる話へ古き時計鳴る
事終る如ポストより歩を返す
口答えする老妻が金を貯め
歳月は流れ戦禍の島みどり

美しい花を見る事はたのしい。ただ隣の花をただ観賞するだけより、自分で土を耕し、水をかけて育て、さてその木に咲いたのを観る時こそ、花は真に美しく、心は楽しい。

川柳を好きと言う人も、ただ他人の作品を楽しむだけでなく、自分で作ってこそ真の楽しみが味わえるものだ。

（昭和四十五年八月）

挙党賛成皆魂を売ったよう

雀より先に起きてる父の咳

襖一枚に夫婦の距離が出来

繋がれるものかと夫靴を履き

照る日曇る日表情を持つ靴の艶

水仙に眼をやる静かなる怒り

卒業も近い学資の封をする

自分の思いを述べたい、そして人に解って貰いたい――こんな気持があるために、表現や文字遣いに苦心をするのではなかろうか。

人に解って貰えなくともよろしい――という尊大な態度で、突飛な句を発表している人は、ヒトラーのようにどこかが狂っているとしか思えない。

（昭和四十五年八月）

父一人才女の嫁をよろこばず

花の鉢一つ輸血の枕元

靴斜にちびる個性を曲げず生き

逢いに来た手の冷たさを労られ

酎あふるすべを知らねば夜を歩む

病人の胸中実は人臭し

書肆に立つ心に宵を取り戻し

演芸界で、一度悪役を演じるとなかなか二枚目はふり当てられない。悪のイメージがついて廻るからである。

一度、新しい傾向の句を作り売り出すと、自他ともに以後この作家に、より新しいものを求めるので、それに引きずられて疾走せざるを得なくなる。

目隠しをされた馬車馬！　気の毒な存在だと思う、彼も―。彼女も―。

（昭和四十五年八月）

何もかも知ってて妻がお茶を出し

灯を消して今日の演技を閉じる顔

愛憎の変化激しき粉雪舞う

この人もエゴに気付かぬ蝿叩き

同じ道行くか才女も子を背負い

「私、俳句の雑誌を読んでいますの。この頃の新興俳句はねェ……」と、川柳家が川柳界に呼びかけるのも、いかにも博学そうで、ちょっとよい恰好である。

いつか私も、そんな事の言える立場になってみたいと、丁度流行服を着ている人を見るような、小さな羨望にかられるが、然し国情の違うもの、次元の違うものを、無理に押しつけようとしても、結果は不自然なものが出来るだけだ。

川柳作家よ、真似はおよし。

（昭和四十五年九月）

第四章　夢を追う心

——The heart which follows a dream

こがれ死にした人もある墓地の風
雑用をすまし雅号の人となる
バス混んで何故か腹立たしき背筋
留置所の扉が冬の音で開き
子三人育て見上げる庭の松
成るようにならぬ世の中金魚の死
ひさかたに日曜らしき落葉掃く

日本語を愛する私は、同時に日本の文字を愛する。日本の文字は片仮名のように日本人の手によって創造されたものもあるが、本来は中国から渡ってきたもので、漢字と称されている。漢字は「月」「鳥」「火」などの如く、物の形からとった象形文字から始まって、意味や音を組合せて段々複雑な字を創造していったものだが、その製作の意味を知れば知る

歯ブラシを口に昨夜の夢を消す
武器造る工場の中の模範工
夫婦とは喧嘩した夜も寝間を敷き
飽食の犬おとなしく繋がれる
豆腐が好き椎茸がすき欲がなし
土を掘る汗におとこが滲み出る
アルバムの整理果たせず日々達者

ほど、味のあるものである。「女」の「良い」のが「娘」で、「女」が古くなれば「姑」かと悟ると、川柳の穿ちの味と同様の共感を覚える。平仮名は漢字を崩したものであるから、改って毛筆で書く場合でも、その源の漢字を知っていると、自然に形よく書けるものである。

（昭和四十六年六月）

子に着せて見とれる亡父のモーニング

酔うて寝た裸とうとう風邪を引き

子等は皆離れる運命妻と臥す

夢を追う心ひそかに髪を染め

うぬぼれて口数多き世をすごし

あげ底に似た商才で世を渡り

あかあかと茶の間で論ず死刑是非

嘘か本当か知らぬが、ある人が革新的な句の多い句会で選者にされた時、解る句を全部没にして「解らぬ句ばかりを抜いたら、新しい人として以後名声が上った」という笑い話があるが、大体解る句を低級と考え、解らぬ句を高踏と思う思想こそ浅薄である。私どもには理解の出来ぬむつかしい哲学書であっても、執筆者は解らそうと思いながらペンを執っているので、作者としてこの姿勢は大切である。その上での「解る」『解らぬ』のすれ違いは、致し方のないことである。

（昭和四十六年九月）

人思い思いの心墓地を去る

友達は次第に減った花便り

村貧し打ち上げられた木を拾い

再会の眼と眼が過去を探り合う

教養があって妬心にかわく喉

本を売る日の惨めさを噛みしめる

夜のしじま生むや十七字のいのち

一人一人が造った奇抜な言葉をつぎつぎと真似て、彼等グループだけで通じ合う言葉、悪く言えばそれは民族の言葉でなく隠語である。抽象だ、象徴だと、川柳の表現が高度化するのは解るが、ある時期のあるグループだけに解る隠語のような言葉を使って得々としている限り、川柳はいつまでたっても発展しないだろう。

（昭和五十一年十月）

水虫を掻き薄情な人おもう
鏡台を横切る猫がこちら向き
枕二つ夫婦の余燼とも見られ
反骨を忘れ毛布の中の夢
ネジ巻けば形見の時計音を立て
妻の手に思い余った皿が割れ
うたた寝へ着せる羽織のあたたかみ

世に食わず嫌いということがある。蛸を食わない外国人に、明石蛸の意味を訴えたとて所詮無駄だ。川柳を知らない婦人層に、いくら川柳の文芸性を口で説いても、実りある答は帰って来ない。食わず嫌いには先ず食わしてみせること。川柳の場合にはまず作って、いっしょに味わうことが先決だと思う。（昭和五十一年九月）

意地悪がむらむらと出るアンケート

モーニング一着に見る我が歴史

雨衝いて来た甲斐のある顔に逢い

昔から身弱と自認して長寿

愛秘めたままの死顔となっている

妻のふところへ戻るコースとなりぬるか

首出さぬ亀よお前も頑固者

歌俳が既成の社会制度の中で、何の疑問も持たず、泣く子と地頭には勝てぬ式の、社会悪の容認と諦めの生活の中で、作句活動を続けて来たのに対して、川柳はまず歌俳のその貴族的な優雅な姿勢に反旗を翻す事から発足して、俗の中から掘り出した真理や、庶民的な魅力を堅持しながら、封建社会からの人間解放、社会制度への批判とメスを進めた。

消極と積極。それはまた「逃げの文学」と「攻めの文学」の相違でもある。

（昭和四十九年九月）

パチンコ屋君もひとりに成りたいか
父は不器用で書斎に追いやられ
人生のたそがれ指輪など買わん
スローガンにも誤字がある二十代
拗ね者で終ってならぬ靴磨く
意地にでも抱かぬつもりの孫を抱く
独学の背を図書館の隅に置く

歌俳が既に根を張った土壌から、川柳が生まれ、その存在価値が認められたという事は、歌俳に無いものを川柳が持っていたからである。その歌俳にないものこそ、川柳の最も重要な本質であると私は見たい。

岸本水府は「詩がなくとも、よい川柳はある」と言ったそうで、それに対していろいろ批判も出ているが、私はこの言葉も、川柳の本質論としては間違って居らぬと思う。

酔い醒めの鏡おのれの貌さがす

素通りを恥じる小さな借りを持ち

手に土の匂いを持って農夫の死

屋台出て銀河の下を帰る酔い

ふる里のありや団地は窓ばかり

向日葵の自信に満ちた午後の照り

エリートの鼻に眼鏡の跡がつき

詩性を過信して、現代詩の一部分のような作品や、短詩と何ら区別がつけられる一行詩を、新しい川柳として迎え入れている人々は、川柳の本質と詩性を混同しているのではなかろうか。

川柳は歌俳に対して挑戦した文学である。詩性だけでは、歌俳に対して挑戦の資格はない。

（昭和四十六年十月）

何をかくそう淋しがり屋の父の猪口

正月に会い兄弟が墓のこと

台風の進路貧しき島ありき

駅弁をひらく師弟に距離がなし

茶を入れる妻に表情読みとられ

今日の命を大切にする飯の白

障子貼る父に定年後の弱気

彼ほどの人の作品から、一語一句に、きっと深い思惑と意味があるものと、善意に解釈の輪をひろげ、高度な作品と思い込むが、作者の自解を聞けば全然その意図がなく、「なあんだ！」と思うような、無理な表現や奇を衒った文字遣いもある。だから難解句を作る人は、尋ねられても作句の意図を説明したがらないのであろうが、最近の傾向から見て、解らぬ句を解らぬと言い切る人の方が、解った顔をするより、選者として、正直で信頼がもてるように思われる。

（昭和四十九年四月）

眼鏡かけた女　市場できらわれる

この秋は二度着た喪服たたむかな

夜が明けて夫婦の誤差は正される

妻の名を呼んで病人らしくなり

打掛けを着て人形となる項

勲章も女もほしい嫌な鼻

反骨の心を抱いたまま凍魚

宇宙の全てが陰陽から生ずるという原理からすれば、俳句は陰、川柳は陽である。それ故にこそ俳句には「わび」「しおり」があり、川柳には「笑い」がある。俳句は逃避の文学で、俗から脱け出して孤高を尊しとするが、川柳は複数社会の中で、生きることに積極的であるから「攻めの文学」とも言われる。

屁をひっておかしくもない独り者　古川柳

独りっきりの社会には笑いがないが、複数社会の中でこそ笑いが生まれるのである。

（昭和五十一年二月）

降り積る雪に懺悔がしたくなる
出稼ぎの瞼の奥に雪が降り
コインロッカー並ぶ都会の夜の不安
追憶の酒に灯がつく老いの胸
保護色を持たぬ女がよく笑い
境遇が変り家族の数を読む
医者呼びに行く踏切の長い貨車

誰でも、自分の作品が誉められるとうれしい。誉めてくれた人には親近感が湧く。いい人だなあと思う。

然し、自分達の統領は、なかなか誉めてくれない。まるで自分を疎外している如く……。

いずれの社会でも、ほんとうの師は、陰で誉めても面と向っては、かるがるしい誉め言葉は言わぬものだ。

（昭和五十一年七月）

目薬をさす父と居て風を聞く
政治家の妻は哀しき笑顔持つ
万歳三唱みんな同志の顔でいる
大衆を見下す位置で笛を吹き
雨戸繰る音に病人励まされ
低音の魅力へ好きと言わせたし
文明に疲れ裸の島を恋う

私達は最近の風潮として、あらゆるものを物量で評価し、内在する精神を軽視する傾向があり、柳誌でも頁数の多いのを一流だと思いたがるが、たとえガリ版8頁の柳誌でも、後世から見て珍重されるものを遺したいものである。

（昭和五十二年三月）

惜しまれて辞め惜しまれて死なんとも
老妻の鼻いつ見てもつまらなし
生涯を野党で訛消えぬまま
独居よし置いたところに物があり
哀しみは深まる夜の壺の線
頼りない味方旗振るだけの芸
逝く春やさくら百句はわが悲願

先日、明石在住の直木賞作家直井潔さんの小説「一縷の川」出版記念会に出席して、たいへん感心した。直井さんは、文学の神様と言われる志賀直哉を、文字通り神様のように崇拝する作家で、戦傷のために背骨が硬直し身体が曲らない身障者である。椅子から立ちあがる事さえ一人で出来ない身体で、苦しい戦後を生き抜き、小説を勉強した人である。私淑する志賀直哉の長編小説「暗夜行路」をベッドの中で繰り返し読んで、遂に全編暗記したという勉強ぶ

今日も安全地帯で喋っていた私

賞状を貰い疲れがどっと出る

まだ切れぬ絆が靴を揃えさせ

ふりむいてならぬ峠で息を入れ

偶像になってはならぬ火を燃やす

杖をふりふり負けん気を取り戻す

蒸発の予告聖書が折ってある

りである。私は直井さんが、志賀直哉を神さまの如く語るのは嘘ではないと思った。

今の川柳人に、これだけの勉強家が居るであろうか。自分の所属する統領を、時には神様の如く言うが、それならその人の句集を全部暗誦し得るだろうか。とっさに二十句もあげ得ぬのが現状であると思う。

長編小説を暗記した人と比較し、まだまだ川柳で飯が食えぬのは当然の事であるように思った。

（昭和五十一年四月）

詩人より低く見られてそれでよし
羅漢百体枯葉の曲へ耳を貸す
野の仏孤児を帰さず昏れかかり
悔恨は口にせぬもの雪つもる
頼るもの我が身一つの朝の天
寄付帳へ男みじめな礼を言う
そんな貧しい顔はせぬもの鮨つまむ

最近、他人の句がみな上手に見えてきた。

頭上にかざした色とりどりの風船の高さを競うように、感情を高め、言葉を選り、繊細に詩的にと表現技巧を琢磨向上さしている現状は、まことに心強いものがある。然し、時には高さを競うために、無理な姿勢をとったり背伸びをして、なかには手を離れて上空へ消えてゆく風船もあるようだ。いくら高さを競うゲームでも風船が手を離れては失格だ。

（昭和五十二年九月）

この中に逢いたい人がいる夜景
冷笑の中で誇りが褪せてゆく
正月もおとなばかりで眠くなる
新の札女きれいに世を渡る
うしろから斬られた傷が日々疼く
労りは言えぬ明治のダメ亭主
指定席牙を抜かれた鬼もいる

絵画や陶器を見まわすと、芸術には装飾から入ったものと、実用から入ったものがあるように思える。短いうたに関心を持ち始めた初心当時、上品な門を選んだ俳人。人間臭い門を選んだ川柳人。どちらから入っても奥へ行きつくのは容易ではなく、途中で迷いの生じる事も珍しくない。

川柳から俳句へ行った人は少ないが、最初俳句を志して、後に川柳に転向した人は意外と多い。この事実を、諸君はどう理解されるか？

（昭和五十二年十二月）

歯が欠けていっそ善人らしく見え

文化賞老いてはならぬ背を伸ばす

徒食していても減らさぬ申訳

乾杯にみな無防備な背を見せ

老醜は見せじと握る吊革で

生涯を亭主関白先に死に

年金で暮らす私も世に甘え

ホームランを打とうとして、力いっぱい大振りをしたとて、そうたやすく本塁打は出るものではない。それより打者は、バットの真芯に当てる事を心掛けて、確実にヒットを飛ばしておれば、その中からホームランが生れる可能性が強い。

川柳の場合も、「秀吟抄」などに採り上げられる事を目標に、推敲を重ねた句を出すのはよいが、自分の句は他の人と違い一段高いものであるとの自負に、深刻な句のみを狙っていると、作句に息切れがして、

祭りから帰り対話のある親子

別れ行く男の背にある誠意

月の出の蒼さに濡れて人を待つ

父の忌に惜しみなく剪る庭の菊

こけしの眼旅の一夜は語らない

金で買えぬ絆を思う握り飯

母に似た貧乏性で足袋を継ぎ

今月も出す句がないという結果になる。上手な作家だという期待が大きいために、発表する句がなく、不本意ながら休む月が多くなってしまう。好作家だという肩を張らずに、謙虚な態度で、自分は自分なりの句を作って居れば、その中から後世にのこるような名句も生れるのではなかろうか。

日常の生活の中で、作句を忘れないという態度こそ、大作家の条件である。

（昭和五十二年五月）

気の弱い男もまじる帽子掛

老残の抵抗遺書を書き直す

雪の戸を閉めて家族の佐渡おけさ

判を捺すだけの勤めも甘くない

旅長し夢は茶漬と茶の間の灯

老いひとり覆水盆に戻るかも

花道のこれが最後となる演技

世の中には、一人で俳句・川柳・情歌などと多芸多才ぶりを発揮している人も少なくないが、幸か不幸か菲才の私は、川柳一本に的を絞り、半世紀以上も精進して来たが、それでもなお勉強不足か、自慢出来るような業績を遺して居らない。まして川柳以外の事を勉強する余裕はない。余命いくばく、以前から少しは字の稽古をしてみたいと思っていたが、それも実現のともなわぬ希望で終りそうである。欲を出さずに一つを大切にしよう。

（昭和五十四年四月）

真と善と美の調和

平山　繁夫

東洋樹師没後、はや二十年にもなるが、初めてお会いしたのは昭和三十四年頃であった。当時の川柳界には新しい詩精神によって、未来への展望を持っていた若者もいたが、その存在は一握りのもので、柳界はまだまだ古い体質から抜け出せない状態だった。

他のジャンルでは「青年の環」「真空地帯」などが登場し活気を呈していたし、桑原武夫の「第二芸術論」に対する俳句、短歌からの反論と、創作実践による革新的な運動を展開していた。俳諧精神を主軸とした当時の川柳界の状況の中で、私が瞠目したのは東洋樹師の作品であった。

ひとすじの春は障子の破れから
子と暮す月日の中の春惜しむ
人間一人足らぬ大都市

元日も働く人の背を拝み

武者小路実篤が初めて作品を発表したときに、芥川龍之介が「文壇の天窓を開け放つ」と評したが、東洋樹作品は閉塞した当時の柳界に、正に「天窓」を開け放つ新時代を告げるマニフェストとも思えた。

東洋樹川柳は意識的、無意識的にかかわらず、俳諧の論理的なものから韻文に最も必要な抒情的なものへの置換を試みたように思える。そして人間の心の奥底にある「真」「善」「美」の調和をはかろうとしたことが、その理想とするところであったようである。それは現実に対して無抵抗な自然主義文学者の暗さを嫌ったのに相違ない。

また川柳を「チャレンジの文学」と喝破し、その作品によって、多くの庶民に無限の愛のまなざしをそそいだのは、社会の下層に生きる人達に接触して、肌で受けとめた貴重な体験から、その現実認識を常に怠らなかったからであろう。

いずれにせよ、数多くの東洋樹作品をかえりみるとき、昭和三十年代前半の俳諧精神から脱却して、自己の理想とする川柳文芸の道を、ひたすら歩んだ東洋樹師の熱き憶いを私は痛切に感じている。

源流

卜部晴美

三條東洋樹師が亡くなられて、はや二十年に余る歳月が流れた。

昭和五十八年十一月十二日、晩秋の日差しの中、静かに旅立たれた師を見送って、万感胸に迫るのを覚えたことが鮮明に蘇る。

このたび、新葉館出版から、師の句集が発刊されることになった。過去にも数冊、師に関する書物が出版されているが、いずれも師を語り偲んでなお余りあるものであった。

何故このように忘れ難いのであろうか。それには、まず句にしても文にしても、格調の高さのあることが挙げられると思う。

平易な言葉で簡明に詠まれた一句一句に、じんわりと心に沁みてくる味わいの深さがある。昨今、意味不明の語を繋ぎ合わせ一句を成しているような人の多い中で、師の句は、いつまで経っても、燻し銀のような穏やかな光彩を放っていると思う。

時流に左右されることなく、自然に心の奥深く刻まれるもの、それは川柳の源流とも言えると思う。目まぐるしく移り行く世にあって、ひととき郷愁にも似た憶いで、じっくりと師の句を味わいたい。そしてその句や文の中に、厳として在る師の信条と鋭い感覚を察知し得て、畏敬の念を一層深くするばかりである。

この一冊を編むに当っては、小松原爽介主幹の尽力と労苦の並々ならぬものがあったと推察する。

そして世に送り出された一冊の書。それは遥か山深い渓谷に端を発した水の流れのようにも思われる。谷を下り、野を過ぎてやがて大海に注ぐ。その川柳という大河の源流に、師の句風と面影が彷彿するのである。

【編者略歴】

小松原爽介（こまつばら・そうすけ）

大正11年12月24日　兵庫県西宮市に生まれ。
昭和32年1月　時の川柳会員となり三條東洋樹に師事。
昭和35年9月　時の川柳社同人
昭和55年6月　時の川柳社主幹
平成9年11月　神戸市文化活動功労賞受賞
現在　（社）全日本川柳協会理事
兵庫県川柳協会顧問
兵庫県警機関誌「旭影」川柳欄選者
主な著書　『川柳句集　草根』（昭和62）
『川柳句集　窓あかり』（平成11）

三條東洋樹の川柳と評言
新葉館ブックス
○
平成16年5月2日 初版
編　者
小　松　原　爽　介
発行人
松　岡　恭　子
発行所
新　葉　館　出　版
大阪市東成区玉津1丁目9-16 4F　〒537-0023
TEL06-4259-3777 FAX06-4259-3888
http://shinyokan.ne.jp　E-Mail info@shinyokan.ne.jp
印刷所
FREE PLAN
○
定価はカバーに表示してあります。

ISBN4-86044-223-7